Mano descobre

o @mor

Esta edição possui os mesmos textos ficcionais da edição anterior, publicada pela editora SENAC São Paulo.

Mano descobre o @mor

Conforme a nova ortografia da língua portuguesa

Gerente editorial Claudia Morales
Editor Fabricio Waltrick
Editora assistente Thaíse Costa Macêdo
Diagramadora Thatiana Kalaes
Estagiária (texto) Raquel Nakasone
Assessoria técnica Dr. Paulo V. Bloise
Preparadora Lilian Jenkino
Coordenadora de revisão Ivany Picasso Batista
Revisoras Cátia de Almeida, Ivone P. B. Groenitz e Lucila Barreiros Facchini
Projeto gráfico Silvia Ribeiro
Assistente de design Marilisa von Schmaedel
Coordenadora de arte Soraia Scarpa
Editoração eletrônica Iris Polachini

CIP-BRASIL. CATALOGAÇÃO NA FONTE
SINDICATO NACIONAL DOS EDITORES DE LIVROS, RJ

P949m
4.ed.

Prieto, Heloisa, 1954-
Mano descobre o amor / Heloisa Prieto, Gilberto Dimenstein ; ilustrações Maria Eugênia. - 4.ed. - São Paulo : Ática, 2011.
48p. : il. - (Mano : cidadão-aprendiz)

ISBN 978-85-08-14794-6

1. Literatura infantojuvenil brasileira. I. Dimenstein, Gilberto, 1956-. II. Eugênia, Maria, 1963-. III. Título. IV. Série.

11-3729. CDD: 028.5
CDU: 087.5

ISBN 978 85 08 14794-6
Código da obra CL 738044
CAE: 264461

2018
4ª edição | 4ª impressão
Impressão e acabamento: Bercrom Gráfica e Editora

Avenida das Nações Unidas, 7221 – Pinheiros – São Paulo – SP – CEP 05425-902
Atendimento ao cliente: (0xx11) 4003-3061
atendimento@aticascipione.com.br – www.aticascipione.com.br

Mano descobre o @mor

Heloisa Prieto
Gilberto Dimenstein

Ilustrações: Maria Eugênia

editora ática

Chatter: Oi!

Mano: E aí? Tá em casa em pleno sábado à noite?

Chatter: Eu tinha uma festa mas fiquei com preguiça de sair. Tá frio pra caramba. Melhor navegar.

Mano: Eu não tinha nada pra fazer. Entrei num site idiota. Só tinha foto de mulher bonitona. Aqui também tem foto?

Chatter: Foto? Acho que não.

Mano: Tudo bem. Me conta tudo, vc já ficou?

Chatter: Já.

Mano: Muitas vezes? Quantos anos vc tem?

Chatter: 13 anos. Já fiquei 2 x. A primeira foi patética, a segunda foi legal. E vc?

Mano: Eu só fiquei 1 x. Também tenho 13 anos.

Chatter: E daí?

Mano: Foi legal pra caramba.

Chatter: Vc acha que sexo é = amor?

Mano: Não.

Chatter: Por quê?

Mano: Cara, meu irmão ficou com uma garota linda. Chegou em casa apaixonado. No dia seguinte ela veio aqui. Era a garota + chata do mundo. Uma toupeira, coitada. Meu irmão desencanou. Disse que só dá pra ficar. Namorar, nem pensar.

Chatter: Coitada da garota.

Mano: Coitada nada, ela grudou. A gente tinha que tirar o telefone do gancho. Mandava e-mail o tempo todo. Primeiro era filme de amor, depois virou de terror.

Chatter: Eu adoro filme de terror.

Mano: Mas terror mesmo é ficar com a garota que a gente gosta. Cara, dá um branco, já me aconteceu.

Chatter: Como foi?

Mano: Era uma garota da minha escola, ela já foi embora, mudou de cidade. Eu ficava mudo, derrubava tudo, ou então falava sem parar.

Chatter: É engraçado. Você é tímido.

Mano: Eu não, é que eu gostava dela. Meu irmão disse que é assim mesmo. Gostou, travou. Tipo terrir.

Chatter: O quê?

Mano: Filme terrir, trash, terror do mais ridículo que existe.

Chatter: Então eu acho legal, é divertido ver terror pra rir.

Mano: Eu também. A gente compra os vídeos aqui em casa.

Chatter: Me dá seu endereço.

Sílvia: Oi.

Mano: Oi.

Chatter: Oi.

Sílvia: Vcs querem conversar comigo?

Chatter: Sobre o quê?

Sílvia: Sobre a beleza do amor juvenil, o primeiro beijo, tão inesquecível, a delícia da primeira carícia. Me contem, meus jovens, me contem como foi...

Mano: Tô fora!

Chatter: Tô fora também!

Sílvia: Mas não foi por isso que vocês entraram nesse chat? Para abrir-se por inteiro? Este é um espaço para confidências femininas! O cantinho certo pra descobrir tudo que se esconde no fundo do coração!

Mano: Dona, me desculpe, pensei que Meninas na Linha era tipo revista Playboy, sabe como é...

Chatter: Ei, Mano, é roubada, vamos embora, mas me dá seu endereço, me conte dos filmes...

Mano: Cara, tá certo, meu endereço é Mano@swift.br e o seu?

Chatter: Vou escrever mandando meu endereço.

Mano: Vou esperar.

Sílvia: Esperem, meus jovens, a confidência faz parte do amor...

Mano: Bye, bye, tia. Obrigado e me desculpe...

Chatter: Mano, espere, eu vou mandar o e-mail.

Mano: Vou lá ver.

Chatter@...

Mano,

aquela Sílvia do chat era igual à mulher do 0800: disque-estrela e descubra seu destino. Metralhadora de palavras.

Parece que é tudo combinado, sempre a mesma coisa.

Eu gosto de ler história de amor, mas tem que ser emocionante. Aqui em casa tem livro pra caramba porque minha mãe é professora de literatura e meu pai também gosta de ler, por causa da minha avó que também adora livros. Eu sei ler em francês e inglês, mas na minha classe o pessoal só pega gibi.

Você gosta de ler? De escrever? De ficar em casa?

Mano@...

Ei, Chatter,

cara, foi divertido fugir daquele chat. Confidências femininas, tá louco!

Bom, eu gosto de livro de terror e mistério.

Sou igual você, tenho um avô que lê sem parar. Ele se chama Hermano, como eu. É por isso que tenho esse apelido. Bom, tenho preguiça de escrever na escola, mas gosto de conversa virtual. Que mais?

Ah, eu ficava bastante em casa, ultimamente tô preferindo a rua.

Primeiro porque fiquei amigo do Pipoquinha, filho do pipoqueiro da escola. Cara, seu João Pipoca, o pai dele, faz uns desenhos de areia dentro de garrafinhas. É muito legal. Ele está me ensinando.

E o Pipoquinha e eu estamos fazendo um rolimã. Parece skate, a gente vai pintar depois que terminar. A gente também gosta de bolinha de gude.

Bom, a rua está muito melhor que a minha casa porque meu irmão, o Pedro, tá meio pirado. Cara, eu trocava muita ideia com ele, mas agora não dá mais.

Você tem irmãos? Mora em prédio? Tem alguma mania maluca?

Chatter@...

Mano,

eu não tenho irmãos.

Tenho um quarto bem grande. Minha mania preferida é montar quebra-cabeças. Conserta minha cabeça. Eu gosto. Coleciono quebra-cabeças e depois vou fazendo uns quadros gigantescos.

Eu detesto shopping center.

É sempre igual, escada rolante, loja, comida em pratinho de plástico, eu acho um saco.

Sabe que eu também gosto de história de terror? **Edgard Allan Poe** é o meu preferido. Foi minha avó quem me deu as histórias de mistério e imaginação. Eu li tomando sol, acordei, era dia, morri de medo mesmo assim.

Minha avó tem uma amiga com a mania mais doida que eu já vi: ela costura cuecas malucas, tipo gigante, tipo cheias de bolinhas, e vende em loja de clubber. Cara, ela faz o maior sucesso!

Por que seu irmão pirou?

Mano@...

Cara, muito divertido essa avó das cuecas de clubber! Você tem alguma?

Tem gente pra caramba na minha família. Mas a pessoa mais divertida da casa é a Shirley, nossa empregada. Ela é completamente esnobe, briga com a gente o tempo inteiro porque ela acha que nós não temos educação.

De vez em quando ela me irrita, claro.

Mas eu gosto do namorado dela, o Valdisnei, ele é professor de capoeira, já me levou em jogo de futebol. Ele conhece todo mundo no bairro. A Shirley inventou seus 10 mandamentos:

1 - Não encha seu próprio saco.

2 - Até relógio parado acerta 2 x.

3 - Só atirar pedra em árvore que dá fruto.

4 - Prefiro cair no chão porque estou correndo do que ficar parada e alguém cair em cima de mim.

5 - Tristeza é que nem controle remoto: quando clico ela sai.

6 - Existem dois tipos de problemas: os evitáveis e os inevitáveis. Só cuido dos evitáveis.

7 - Depressão pra mim é que nem pegar gripe: doença chata.

8 - Quem gosta de coisa complicada é professor de matemática.

9 - Na outra encarnação quero ser sirene de ambulância, toda vestida de branco, luzinha vermelha, abrindo caminho pra tudo quanto é lado.

10 - Simplifique, simplifique.

Ufa!

Amanhã te conto do meu irmão!

PIPOQUINHA
TERRIR
Chatter@
SHirley

Mano@

Chatter!!!

Que demais! Nossa, cara, como você desenha bem! Vou colar na parede do meu quarto! Genial!

Vou te contar um segredo. Eu também tenho uma mania maluca. Gosto de fazer uns bonecos de cera. Alguns ficam bem legais, outros têm cara de Frankenstein e às vezes parecem uns bonequinhos de vodu de filme de horror. Mas eu gosto. É divertido.

Meu irmão Pedro desenha bem pra caramba. Quer dizer, desenhava, pintava, ele gostava de fazer quadros em tela, também pintava pranchas de madeira, murais na escola, ganhou até prêmio. Agora ele parou com tudo. Ele pirou. Ele só anda de preto, vive trancado no quarto, dorme o dia inteiro, minha mãe tem que arrancar o Pedro da cama, senão ele mata aula.

Agora o Pedro parece um vampirão, a cara branca, olheira, magro. Por que ele pirou? Como é que eu vou saber? Antes a gente sempre falava que a vida do Pedro era novela das seis. Tinha um monte de garota ligando aqui em casa. Ele gostava de esporte, natação, tae kwon do, minha tia-avó espanhola chamava o Pedro de el príncipe.

Mas eu não gosto de falar dessas coisas. Me conta das suas coisas.

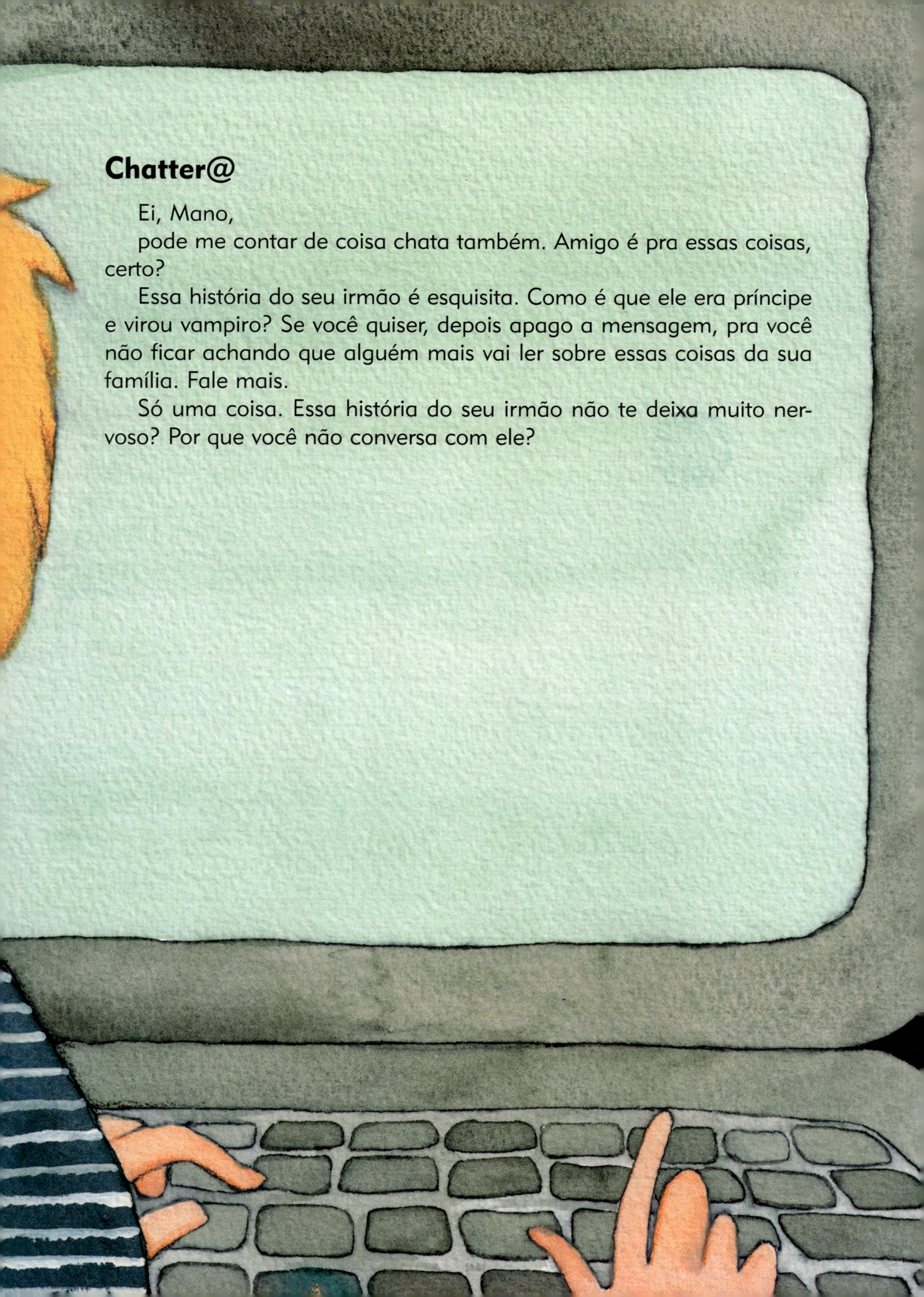

Chatter@

Ei, Mano,

pode me contar de coisa chata também. Amigo é pra essas coisas, certo?

Essa história do seu irmão é esquisita. Como é que ele era príncipe e virou vampiro? Se você quiser, depois apago a mensagem, pra você não ficar achando que alguém mais vai ler sobre essas coisas da sua família. Fale mais.

Só uma coisa. Essa história do seu irmão não te deixa muito nervoso? Por que você não conversa com ele?

Mano@

Chatter,

bom, quando meu pai saiu de casa, virou meio playboy, sabe como é?

Começou a namorar garotinha de vinte anos, puxar ferro todo dia, carro novo, camiseta justa, era bem ridículo, cara. Meu pai é executivo de uma multinacional, ele se chama Horácio.

Minha mãe se deu bem. Ela é psicóloga, tem muitos amigos, é carinhosa, todo mundo gosta dela num minuto. Logo ela começou a namorar o Caetano, que é um cara muito quieto. Ele me ajuda com lição de matemática, o Caetano é arquiteto.

Meu pai e o Pedro brigam muito de uns tempos pra cá. Cara, é muita gritaria. Todo mundo sai batendo porta, é um saco. Depois meu pai some um tempão. Fica viajando por aí, vem pouco aqui em casa.

Tudo piorou quando o Pedro inventou de ficar amigo do cara mais estúpido da escola, o Sombra. Um nojento, "papai é rico, eu sou neurinha", muita grana, inteligência zero. Eu odeio o sujeito. Quando vejo o Pedro com o Sombra e os amigos cretinos que eles têm, me dá vontade de vomitar.

Eu fico muito nervoso. É horrível. Eu detesto ver meu irmão tão diferente. Eu gostava tanto de trocar ideia com ele. Mas, agora, como é que eu vou conversar com ele?

Uma vez eu tentei. Ele me chamou de pirralho, me mandou sair do quarto e ficou uns dias sem falar comigo. Desisti.

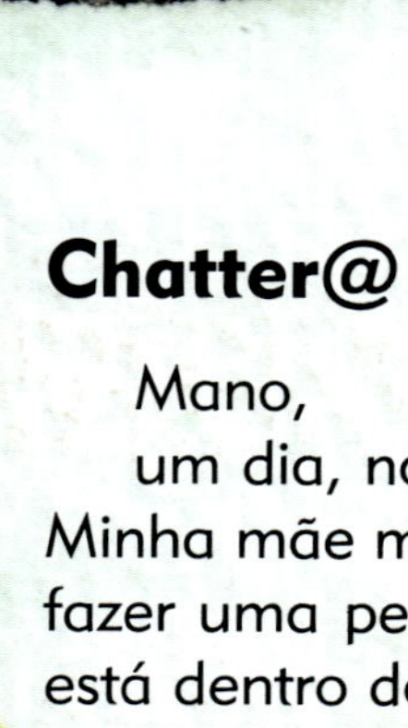

Chatter@

Mano,

um dia, no almoço do domingo, aqui em casa, rolou a maior discussão. Minha mãe morou na China porque recebeu uma bolsa da universidade pra fazer uma pesquisa. Ela disse que o mal está dentro do bem e que o bem está dentro do mal.

Minha avó olhou pra minha mãe e respondeu assim:

"a maior artimanha do demônio é fingir que ele não existe".

Sabe o quê?

Quando você me conta do Sombra, eu acho que minha avó tem razão.

Mano@

Chatter,

sabe por que eu odeio o Sombra? Porque ele me fez ficar ruim. Posso ser meio cretino, mas eu não gosto de trair amigos. O Sombra tem um jeito que é só ficar perto dele pra fazer burrada. É por isso que eu não sinto raiva do Pedro. Só pena.

Foi assim: o Sombra, meu irmão e a turma deles chegaram na frente do carrinho do seu Pipoca e compraram todas as pipocas. Seu Pipoca foi enchendo os saquinhos. Fiquei desconfiado.

Meu irmão estava muito diferente. O olho muito vermelho, ele ria sem parar, a cara dele tremia, ele ficava beijando uma garota meio nojenta que anda com o Sombra.

Quando o seu Pipoca acabou de entregar todos os saquinhos, a tal da garota deu uma risadinha cínica, chegou perto do Pipoquinha e virou todas as pipocas na cabeça dele.

Seu João desculpou a menina dizendo que era só brincadeira. Mas o Pipoquinha ficou bravo. Voou pra cima da menina. Ela desviou dele. O Pipoquinha caiu direto no braço do Sombra. Então, ele e meu irmão ficaram zoando com o garoto.

O pai dele começou a ficar chateado, eu vi os olhos se enchendo de lágrimas. O Sombra virou pra mim e disse: "e aí, Hermanito, não vai defender o amigo mano, não?"

Nisso, a garota tacou outro saco de pipocas na minha cara. Meu irmão riu. E eu fiquei ali, parado, olhando para a cara cínica do Pedro, para aquele olho vermelho. Chatter, aquilo me deu medo. O Pedro parecia um demônio. E eu não consegui defender o Pipoquinha, nem o seu Pipoca, eu fiquei ali, covarde, quase vomitei.

Então o Pipoquinha saiu chorando, disse que nunca mais ia brincar comigo e o seu Pipoca levou o carrinho embora e as costas dele estavam pra baixo, os braços tremiam. E eu odiei meu irmão, odiei o Sombra e, mais do que tudo no mundo, eu me odiei.

Quando eu cheguei em casa, me tranquei no quarto e chorei de raiva. Eu era um covarde, um traidor. Meu irmão chegou logo depois. Cheirando cerveja. Ficou rindo de mim e dizendo que eu era um banana. Pulei nele e bati tanto que minha mãe entrou no meio da história. Fiquei de castigo no quarto. Depois minha mãe veio conversar. Mas eu só queria o escuro. Ficar quieto.

Cara, apaga esse e-mail depois. Sei lá por que estou te contando isso...

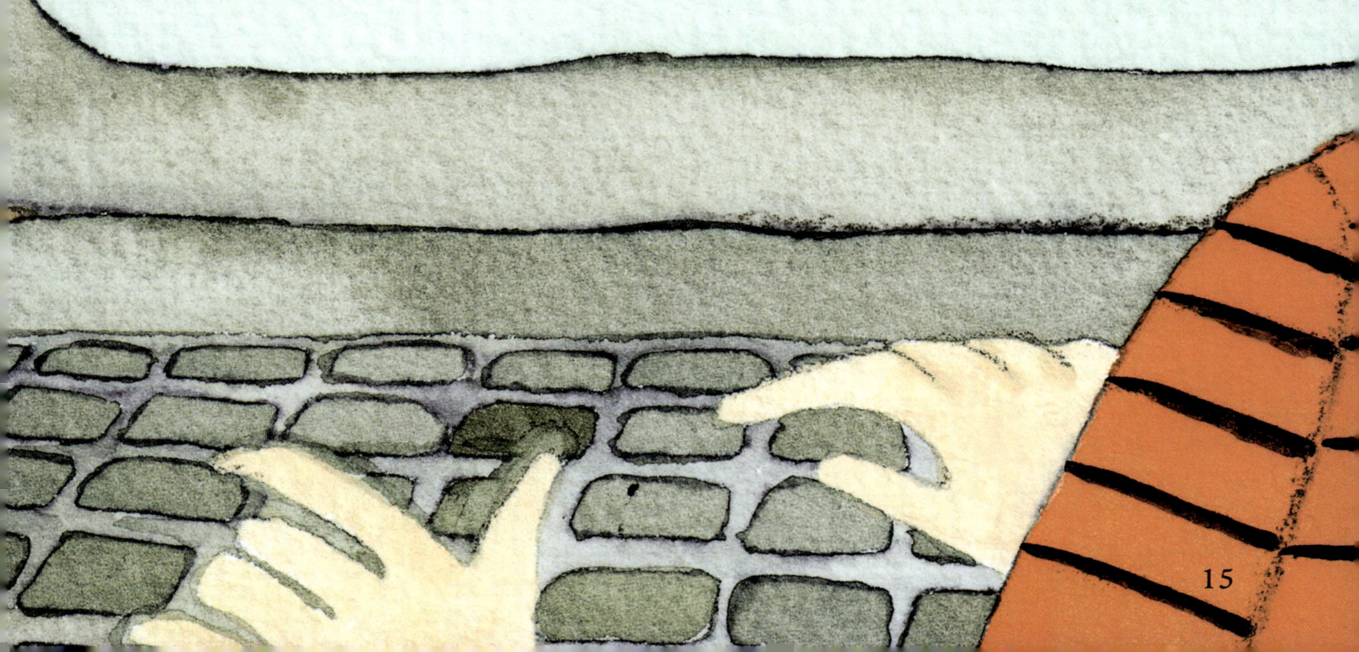

TODO MUNDO PISA NA BOLA DE VEZ EM QUANDO!!!
A Verdade e a Não Violência são tão antigas quanto as montanhas
GANDHI

Mano@

Chatter!!!

Colei seus desenhos na parede do meu quarto. Muito legal!!!

Olha só que coincidência. Vô Hermano adora o **Gandhi**. Quando eu fico bravo e me tranco no quarto, só consigo abrir a porta pra ele.

Então meu avô sempre senta do meu lado na cama e diz assim: "vamos lá, meu Gandhi Pimentinha!"

Vô Hermano disse que eu tenho o coração do Gandhi, defensor da paz, e temperamento de Pimentinha, meio peste, sabe como é...

Eu andei sumido, sem vontade de escrever, mas agora já estou normal.

Já fiquei amigo do Pipoquinha de novo. Fiz dois bonecos de cera, um pra ele, outro pro seu João. Dei de presente. Eles gostaram. Seu João passou a mão na minha cabeça. Ele tinha guardado uma garrafinha de areia pra me dar de presente. Acho que ele entendeu tudo. Desde o começo. Não estava bravo comigo, não. E o Pipoquinha estava só me esperando pra gente descer a rua de rolimã.

Aí aconteceu uma coisa que eu não esperava. Na semana passada, mudou uma família aqui para o meu prédio.

Um dia, eu voltava da escola, entrei no elevador e vi uma garota, tipo da idade do meu irmão. Ela estava carregando uma caixa cheia de robôs, casas, carros e aviões feitos de lego.

Era demais. A gente começou a conversar, ela me convidou pra passar lá mais tarde.

No começo, fiquei com vergonha, mas lá em casa estava tanta confusão. A Shirley gritava com meu irmão porque ele joga as roupas no chão, minha mãe também brigava porque ele tinha faltado na escola, o Pedro parecia barata tonta, branco e esquisito. Aquilo me deu tanta aflição. Até minha raiva do Pedro passou. Lembrei da garota. Desci até a casa dela.

Cara, você não acredita! Ela se chama Anna e quer ser arquiteta quando crescer. O quarto dela é uma cidade do futuro em miniatura. Cheio de pontes, rios, aviões, casinhas e prédios, tudo feito de lego. Ela ganhou um kit importado, "Para fazer lego". A Anna é adolescente mas não é aborrescente como minha mãe fala. Ela adora pipoca e brigadeiro. Agora ela quer construir um parque no meio da cidade e pediu minha ajuda. Eu aceitei, claro. Eu não desenho igual você, só sei fazer meu autorretrato. Tô te mandando um.

Mano@

Chatter@

Ei, Mano,
você tem uma cara bem legal. Gostei do seu desenho.
Essa tal de Anna é bonita?
Você quer ficar com ela?

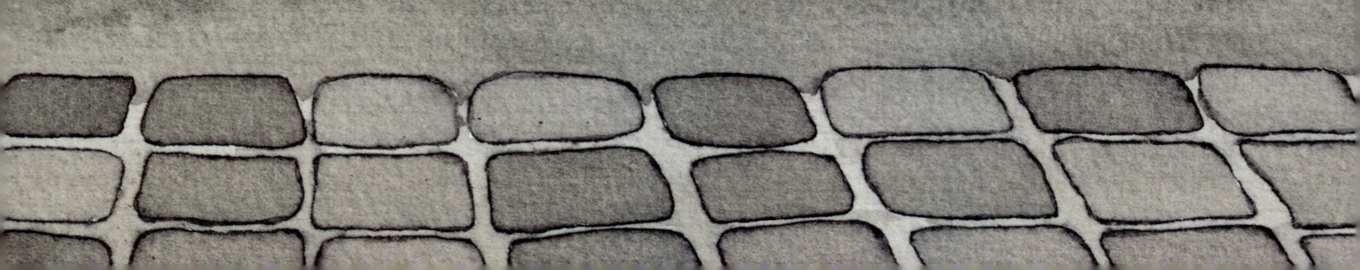

Mano@

Ei, Chatter,

eu não! A Anna é linda, ela tem cabelo castanho, nariz arrebitado e os olhos dela são tão grandes!

Mas eu só tenho 13 anos. Ela nem ia pensar em ficar comigo.

Outra coisa. A Anna não precisa falar. É louco, né?

Lá em casa todo mundo fala o tempo todo. Acho que espanhol é assim mesmo. Caiu o botão da camisa do meu avô. Ele faz um drama. Minha irmã caçula, a Natália, também fala pra caramba, ela só tem 10 anos mas vive no telefone com as amiguinhas. E tem minha mãe. Todas as amigas da minha mãe pedem conselho pra ela. Minha mãe ajuda legal. Mas eu fico de saco cheio com tanta amiga dela que fica lá em casa, alugando, contando a vida inteira, parece que ninguém nunca resolve nada sem a minha mãe. Então o telefone não para, ou é pirralha chamando minha irmã ou amiga desesperada pra encontrar minha mãe.

Bom, lá na Anna é calmo.

Outro dia eu cheguei na casa dela de olho inchado, eu tinha chorado de ódio. Ela olhou pra mim, mandou entrar. Depois pediu pra eu construir umas peças. Foi pra cozinha. Quando ela voltou com a pipoca quentinha, eu já estava legal. Ela não me perguntou nada, nem eu tive que explicar.

De repente, ela me mostrou um boneco novo que ela tinha acabado de construir.

Cara, era impressionante!

Um boneco todo torto, preso numa gaiola pequena demais pra ele.

"Que boneco mais feio, Anna!"

"É. Eu sei. Esse cara quer ficar dentro da gaiola. Ela é pequena demais pra ele, então o boneco se entorta, fica assim, todo atrofiado, sabe como é? Pra conseguir ficar bem preso."

Chatter, pra mim, aquele boneco era igualzinho meu irmão!

Chatter@

Mano,

vamos trocar de casa, de família, de prédio?

Me conte mais.

Acontece tanta coisa com vocês que estou começando a achar minha vida um tédio total!

E o novelão do Pedro?

Vocês fizeram as pazes?

E o Sombra, o ser das trevas?

Seu irmão já escapou da gaiola? Já mandou o chato do Sombra tomar sol na esquina?

Mano@

Chatter,

não, o ser das trevas tá reinando por aqui.

Ontem, o Pedro chegou em casa todo suado, os olhos dele estavam inteirinhos vermelhos e as pupilas tão grandes, parecia olho de gato, horrível. Minha mãe correu pro quarto atrás dele, mas o Pedro caiu desmaiado na cama. Babava também. Foi horrível.

Eu sei que isso é coisa do Sombra.

O que será que ele dá pro meu irmão?

Bebida eu sei que eles tomam!

Olha, Chatter, juro que dá medo só de pensar.

Depois minha mãe foi para o telefone. Eu não conseguia dormir, ficava ouvindo minha mãe pedir pra amiga dela dizer onde foi que ela tinha errado.

Algo de muito grave está acontecendo com o Pedro.

Até a Shirley anda completamente esquisita.

Ela só fica falando do John Kennedy Jr. O filho do presidente, que morreu.

Ela repete assim: "não pode ser bonito, inteligente e rico ao mesmo tempo, dá errado, dá errado..."

Chatter@

Mano,

minha avó me diz assim: "a alegria da alma é a ação". Essa frase é de um poeta inglês chamado **Shelley**.

Ela me diz isso quando estou triste. Depois ela me obriga a fazer alguma coisa, tipo pintar, desenhar, até cozinhar.

Por que você não fica desenhando perto do Pedro? Sabe como é desenho, um começa o outro logo fica com vontade.

Conversar, sua mãe já conversa, certo?

Eu, se fosse você, não brigava mais com o Pedro, e dava um jeito de fazer o cara voltar pro desenho.

Mano@

Chatter,

acho que hoje vou te mandar um monte de e-mails porque a barra está pesando, pesando aqui em casa.

O Pedro sumiu. Ninguém sabe onde ele está. Já se passaram dois dias sem notícias. Está todo mundo alucinado atrás dele. Meu pai já foi até na polícia. Minha mãe só chora, vieram três tias velhinhas, acenderam velas no meio da sala, estão rezando novena em espanhol, você não acredita, elas ficam virando os terços nas mãos.

Meu avô Hermano está uma fera com todo mundo.

Ele briga com minha mãe porque diz que ela não consegue "colocar limites", que o Pedro faz tudo o que quer.

Depois briga com as tias porque não aguenta esse negócio de reza.

Depois briga com a Shirley porque ela só diz bobagem.

Depois briga com a minha irmã por causa das amigas dela que ficam telefonando sem parar.

Quando ele ia brigar comigo, chegou o Caetano, namorado da minha mãe. Ufa! Escapei por um triz. O Caetano é calmo, todo mundo tem vergonha de gritar na frente dele. Ele levou minha mãe para a cozinha e ficou conversando baixinho com ela.

Bom, a minha mãe estava começando a melhorar quando chegou meu pai. Aí o negócio ferrou. Total.

Tirou minha mãe de perto do Caetano, disse que o Pedro era assunto de pai e mãe, não de gente de fora. Meu avô gosta do Caetano e tem bronca do meu pai. Fechou o tempo. Caetano ficou com vergonha. Levantou pra ir embora. Minha mãe chorou. Minhas tias correram e começaram a rezar tudo de novo. Alto pra caramba.

Saí correndo. Tropecei na Shirley. Ela gritou. Abri a porta do elevador. O Valdisnei estava chegando. Me deu um abraço. Chorei que nem bebê.

Escuta aqui, Chatter, estou te contando tudo isso porque eu sei que você apaga rapidinho.

Mano@

Chatter, já é bem tarde da noite, você deve estar dormindo. Tô te escrevendo de novo porque não sei mais o que fazer. Me tranquei aqui, no meu quarto, porque na sala nem pensar.

Meu avô parou de gritar cinco minutos e logo teve uma ideia. Se ele fosse um pouco mais calmo, ele seria o máximo. Eu adoro meu avô.

Bom, ele telefonou para um amigo dele que é delegado. O cara conhece vários detetives. Num minuto chegou um sujeito aqui e eles quiseram conversar com ele em particular. Mas eu sei o que vai acontecer. Eles vão contratar o detetive pra procurar o Pedro.

Meu pai também teve uma ideia. Ligou pra casa dos pais do Sombra. Atendeu o mordomo. É isso mesmo. O Sombra é milionário. Os pais dele estão viajando. Ninguém se importa com o idiota.

A Shirley diz que tem dois tipos de miséria: de pobre e de rico, mas que no final é tudo a mesma coisa. Criança sem família.

Chatter@

Mano,
olha só o que eu encontrei nos livros que a minha mãe trouxe da China:

O homem verdadeiro
consegue caminhar pelas trevas mais profundas.
No meio de ruído,
ele ouve o silêncio.
No meio das trevas mais profundas,
só ele consegue ver claramente;
no meio do ruído,
só ele consegue ouvir a harmonia.
Chuang Tzu

Preste atenção, Mano!
Vê se enfia uma lanterna dentro do seu olho!
Vê se ouve um aviso de alguém!
Tá caindo uma ficha!
Você já falou com o Valdisnei?
Não é ele que conhece tudo, todo mundo no bairro?
Ele foi embora, ou ele ainda está por aí?

Chatter@

Mano!!!
Cadê você?!
Eu devia ter ficado com o seu telefone!
Não aguento mais ficar aqui esperando notícia!
Escreve, escreve logo pra mim, Mano.

Mano@

Chatter!

Desculpa, cara!

Eu sumi!

E preciso te agradecer!

Que ideia genial!

Quem resolveu tudo mesmo foi o Valdisnei!

Depois que recebi seu e-mail, corri pro quarto da Shirley. Ela estava chorando. Foi a primeira vez que eu vi a Shirley quieta, encolhida, triste mesmo. Valdisnei estava sentado do lado dela na cama. Eu disse pra ele que saísse procurando meu irmão. Foi o máximo!

A cara dele ficou diferente na hora.

Séria. Olhando pro nada. Como se estivesse ouvindo alguém.

De repente, o cara levanta, murmura um treco, tipo assim: Ogunhê!

Parecia grito de guerra, mas depois a Shirley me explicou que ele chamou o santo dele pra ajudar. O Valdisnei sabe lutar, o centro de capoeira dele se chama Filhos de **Ogum**.

Bom, fiquei em casa esperando. Meu avô estava do lado do telefone, pra ver se o detetive ligava do celular. As tias foram embora porque brigaram com meu avô. Meu pai estava quieto, assistindo televisão bem baixinho, minha mãe na cozinha, tomando chá com o Caetano.

Então, a porta abre.

Pedro chega, todo sujo, machucado, carregado pelo Valdisnei.

Foi uma confusão. Minha mãe falava, o Caetano só olhava, meu pai começou a gritar, a Shirley ria e chorava, mas meu avô foi o único que entrou para o quarto com o Pedro e o Valdisnei.

Eu senti tanto, tanto cansaço.

Só estou aqui te escrevendo porque sei que você também estava esperando do outro lado. Cara, obrigado!

Chatter@

Mano,

não sei por quê, mas me deu vontade de te contar uma coisa.

Sabe quem é namorado da vó das cuecas?

O Aladin!

O Aladin é hippie velho, só fala em Woodstock, paz e amor, Jimmy Hendrix, Led Zeppelin e The Doors.

Ele tem uma loja de comida natural e uma mania tão louca quanto a história das cuecas: ele faz sapato.

E daí? O cara é sapateiro? Qual é o problema?

O problema é que ele só gosta de sapato estilo antigo. Tipo sapato de Aladin, de gênio da lâmpada, com aquela pontinha virada pra cima.

Aí, cada vez que ele inventa um sapato diferente, aparece aqui em casa. Ele tem cabelo comprido e branco, é careca na frente, mas usa um rabo de cavalo. Tem barba também. Parece um Merlim maluco.

Tô te contando isso porque quando minha mãe viajou para pesquisar eu fiquei com muitas saudades e só conseguia conversar com o Aladin.

Quer dizer, não é que a gente conversava.

Ele sentava no meu quarto e ficava lendo história das mil e uma noites. Cismou que assim eu melhorava.

E sabe o quê?

Eu melhorei de verdade!

Me escreve, me conta do Pedro!

Nossa, tudo que está te acontecendo parece coisa de filme!

Mano@

Chatter,

aqui em casa está o maior silêncio. Dá pra acreditar?

Ninguém veio me explicar nada.

Só sei que o Pedro vai passar uns dias fazendo um tratamento em alguma clínica. Eu não sei direito. Ninguém está me contando e eu... bom, você quer saber? Me dá medo de perguntar.

Cara, eu queria conhecer essa sua avó e os amigos dela!

Mano@

Chatter,

estou te escrevendo de novo, hoje, porque a Shirley me contou tudo.

O negócio foi assim: meu irmão foi numa festa com o Sombra e os caras beberam muito. Depois saíram andando loucos pelo bairro. O Sombra tropeçou num mendigo que mora no meio da praça perto da avenida. O mendigo reclamou. O Sombra partiu pra cima do coitado dando pontapés. Meu irmão caiu na real. Foi pra cima do Sombra. Aí, os outros nojentos da turma do Sombra começaram a surrar o Pedro. O mendigo chamou os amigos.

Quando o Sombra e os zé-neurinhas com quem ele anda viram aquele bando de mendigos chegando, saíram correndo e deixaram meu irmão todo machucado, caído no meio da praça. Meu irmão desmaiou. Os mendigos não tinham como ajudar. Foi aí que chegou o Valdisnei.

Como é que ele encontrou o Pedro?

Sei lá!

A Shirley disse que ele foi no faro, que ele conhece os caminhos.

De qualquer jeito, se não fosse ele, meu irmão teria ficado desmaiado, porque o detetive estava procurando o Pedro em discoteca. Vê se pode?

Agora o Pedro está se tratando numa clínica. A Shirley disse que ele vai melhorar, que vai ficar como era antes, que vai brincar comigo de novo, como quando a gente era pequeno.

Escuta aqui, Chatter, ninguém aqui em casa sabe que a Shirley me conta tudo. Tô apagando essa mensagem assim que terminar de mandar pra você. Melhor não guardar cópia, tudo bem?

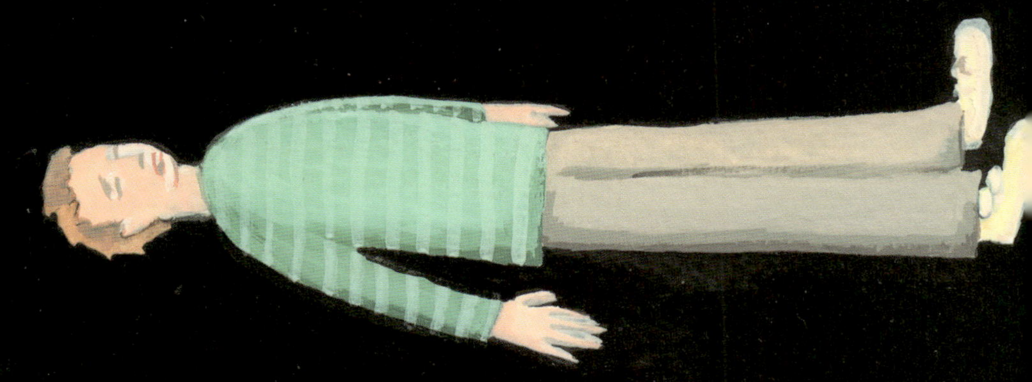

Chatter@

Mano,

não precisa ficar me pedindo para apagar tudo. Já sei, fica tranquilo.

Nossa, que história maluca!

Ainda bem que a Shirley te conta tudo.

Gostei muito do Valdisnei, cara legal.

Bom, gente do mal na hora do aperto foge que nem rato de navio. Você já reparou em filme? Tanto faz se os caras são vampiros, bandidos, ninguém ajuda ninguém. Quando se juntam é pra aprontar, mas se dá errado...

Já os amigos de verdade são solidários.

Eu acho que é na hora do perigo que a gente sabe quem é verdadeiro.

Já minha avó diz assim: "ser feliz é ser um louco num mundo de tristes fantasmas". Essa frase é de um escritor muito maluco que ela adora. Esqueci o nome dele, só sei que o cara adorava andar de bicicleta.

Um dia eu quero que você venha aqui em casa, para conhecer minha avó & companhia.

Mano@

Chatter, quando a gente combinar de se encontrar vai precisar de senha, certo? Como é que eu vou saber que você é você?

Bom, ontem eu passei a tarde na casa da Anna.

A cidade que a gente inventou já está imensa. É muito bom ver uma coisa que a gente construiu, é bom fazer coisas que dão certo e ficam bonitas.

Se eu fosse mais velho, namorava a Anna.

Ela tem um jeito tão diferente de ser legal...

Chatter@

Ei, Mano, já vi tudo!

Tá gostando de uma garota mais velha!

Bom, está na moda, certo?

Eu acho legal tudo o que você disse, mas também gosto de conversa. Se eu for namorar, vou querer falar bastante, é legal também.

Mano@

Chatter,

você não sabe o que aconteceu ontem!

Foi muito, mas muito estranho!

Eu estava brincando na Anna.

Ela tinha acabado de preparar um monte de pipoca na manteiga.

A campainha tocou.

Ela foi atender com a travessa de pipoca na mão.

Fiquei olhando de longe.

Quando ela abriu a porta, a garota ficou parada, muda!

Eu não conseguia ver quem é que estava ali, na entrada.

Morri de curiosidade.

O jeito da Anna estava muito diferente.

Corri pro lado dela.

E, cara, sabe quem é que estava do lado de fora?

O Pedro!

Meu irmão!

Mudo, parado, com a mesma cara esquisita da Anna.

Quando me viu, começou a falar sem parar, uma matraca, mesmo.

A Anna voltou ao normal, mandou o Pedro entrar e ofereceu pipocas pra ele. Ah, eu esqueci de te contar, o Pedro já voltou da clínica. Está proibido de sair de casa. Ele queria brincar comigo. Não tinha mais nada pra fazer. Contaram pra ele que eu estava na Anna. Ele veio me buscar.

Bom, meu irmão foi até o quarto dela e, quando viu as cidades que a gente construiu, ele não acreditou. Achou o máximo! Desandou a falar mais ainda. A Anna ria muito, de um jeito diferente do que ela ri comigo, e eu reparei que o Pedro, mesmo branco, magrinho, ainda é um cara muito impressionante.

Ele ficou louco com o kit "Para fazer lego" e combinou de voltar no dia seguinte.

Chatter, eu estou gostando médio dessa história. Quer dizer, meu irmão é legal e tudo mais... só que eu adorava ficar quieto, sozinho com a Anna. E agora, não sei, não.

Mano@

Você nem vai acreditar!

Meu irmão está louco pelas cidades imaginárias!

Foi até o escritório do Caetano, apanhou um programa de computador que ajuda a fazer mapas urbanos. Levou pra casa da Anna e instalou. Agora, os dois ficam horas desenhando cidades na tela.

Eu gosto médio disso tudo.

Chatter@

Para com esse ciúme, Mano!

Você é pequeno para essa Anna. E se ela quiser namorar o seu irmão?

Não é melhor o Pedro ficar com a Anna?

Ou você prefere que ele volte pra toda aquela turma de zé-neurinha?

Escuta, Mano, você precisa combinar de vir na minha casa.

Agora, me conta, essa tal de Anna deve ter algum segredo, como é que ela está deixando seu irmão tão calmo?

Me deu vontade de saber.

Teu irmão não era uma fera?

De repente ficou manso?

Mano@

Chatter,

cara, sei lá o que ela faz.

Só sei que eles estão namorando mesmo. Eu já vi os dois abraçados.

Bom, um dia o Pedro chegou bem esquisito na casa da Anna.

Sabe, com os olhos vermelhos, cara meio torta...

A Anna abriu a porta, deu um beijo nele, Pedro nem deu bola, caiu sentado no sofá.

Se fosse lá em casa, minha mãe ia perguntar rapidinho o que estava acontecendo, dizer que eles precisavam conversar, depois vinha meu avô, depois vinha a Shirley...

Bom, a Anna entrou para o quarto e foi logo mostrando uma ponte linda que ela tinha construído. Meu irmão adorou. Foi para o banheiro, lavou o rosto, começou a pintar. Ah! Me esqueci de te contar! Pedro está pintando de novo. Trouxe um cavalete com uma tela pra casa da Anna.

Logo depois eles já estavam rindo juntos.

Chatter@

Ei, Mano,
me convida pra visitar essa tal da casa da Anna!

Mano@

Chatter!!
Você nem vai acreditar!!!
O Pedro brigou com o Sombra!
Uau!
O Pedro parou de faltar na escola!
Lá em casa está a maior festa.

Chatter@

Uau, Mano!!
Valeu!
Eu nem conheço o Pedro, mas fico feliz também!

Ah! Sabe quem também diz, "simplifique suas necessidades"? Um filósofo hindu com um nome completamente estranho: **Rabindranath Tagore**. Eu sei porque mostrei os mandamentos pra minha avó. Ela gostou. Deu muita risada, mas disse que aquela frase já existia. Acho que esse mandamento a Shirley copiou!

Mano@

Chatter,

lembra daquele dia em que você me contou da discussão na sua casa? Aquele negócio do mal dentro do bem, etc., e que a sua avó disse que o diabo finge que não existe?

Bom, eu estava achando que o novelão do Pedro tinha o maior final feliz! Tipo filme americano, sabe?

Mas faltou matar o Sombra.

Chatter, eu queria ter nascido no Japão, se eu fosse ninja, ia até a mansão do Sombra e cortava a cabeça dele.

Eu odeio o Sombra!

E eu odeio o meu irmão também!

Como é que o cara pode ser um estúpido? Um energúmeno?

Como é que um cara que tem uma garota feito a Anna consegue pisar na bola?

Sabe o quê, Chatter?

Eu devia ter proibido o Pedro de visitar a Anna!

Chatter!

O Pedro acabou com ela!

E eu?

Eu sou irmão do cretino!

Será que a Anna continua sendo minha amiga?

Chatter@

Mano,

em primeiro lugar, se a Anna for legal mesmo, não mistura canal!

Você ficou amigo dela muito antes desse namoro!

Eu acho que ela sabe gostar de você e do Pedro ao mesmo tempo, cada um de um jeito.

Acalmou?

Bom, eu não entendi nada!

Você quer cortar a cabeça do Sombra mas nem me contou o porquê!

Mano, cai na real!

Escreve tudo direitinho, assim você melhora da cabeça e eu mato a curiosidade, anda, me conta os capítulos da novela que eu perdi!

Mano@

Tá certo, tá certo, eu conto tudo direitinho.

Pra variar ninguém me disse nada, eu sei porque presto atenção nas coisas e porque eu ouvi a Shirley conversando com a amiga dela outro dia, aqui em casa.

Acontece que a amiga da Shirley trabalha na casa da Anna. Ela adora a garota. A Anna conta tudo pra ela. A Shirley estava fazendo as unhas na mesa da cozinha, eu fiquei por perto e ouvi tudo.

Primeiro, o Sombra começou a perseguir meu irmão na escola.

Ficava andando perto dele e provocando, falando que ele tinha virado caretão, playboy, que tinha coleira, que obedecia tudo que a namoradinha mandava, que estava ficando mole.

Depois resolveu dar uma festa de terror.

Foi a maior produção, o cara mandou construir um castelo de Drácula no meio do jardim da mansão onde ele mora.

No começo, o Pedro não queria ir de jeito nenhum, mas o Sombra pegou no pé. No final, o Pedro combinou que ia junto com a Anna.

Parece que a Anna estava linda, fantasiada de mulher-gato.

Quando o Sombra viu a garota, pegou pesado. Começou a dar em cima, essas coisas. Mas como ele é esperto, mandou duas vampiras distraírem meu irmão enquanto ele ficava cantando a Anna.

É lógico que a Anna não deu a menor bola pra um zé-neurinha feito o Sombra.

Mas meu irmão...

Se ele não pisar na bola, ele não se chama Pedro. O cara tem que fazer bobagem. É obrigatório!

Começou a beber, com as vampiras penduradas nele.

Parece que a Anna entrou numa sala, o Pedro estava com uma vampira no colo, outra fazendo cafuné. A Anna deu as costas, pegou um táxi, foi embora.

No dia seguinte, quando o Pedro voltou ao normal e foi até a casa dela, a Anna mandou dizer que não estava.

E, agora, Chatter, será que eu vou perder a amizade dela?

Chatter@

Mano,
se você perder a amizade, é porque não era de verdade!
Mas eu acho que você está encanado à toa.
Vai lá, na casa da Anna. Toca a campainha. Depois volta e me escreve.
Escuta, Mano, e na minha casa, quando é que você vem?

Mano@

Chatter,
a Anna continua minha amiga!
Ela falou comigo do jeito de sempre!
Eu fiquei muito feliz!

Chatter@

Mano,
eu acho muito legal, mas a gente precisa se conhecer de verdade!
Você acha minha casa muito longe da sua?
E se a gente combinasse de se encontrar em algum lugar?

Mano@

Chatter,
se eu fosse ninja, juro que matava meu irmão também! O cara não dá sossego!

O Pipoquinha veio aqui em casa e me contou o maior terror!

Meu irmão piorou agora que voltou pro mal.

Parece que o Sombra desafiou o idiota do Pedro para uma prova de coragem e o cretino aceitou!

Hoje, à meia-noite, o Pedro vai descer a avenida de bicicleta, de braço estendido e olho vendado!

Chatter, e se ele morrer?

Minha mãe viajou, está num congresso!

Meu pai está na Europa, meu avô está velho, tenho medo de contar e ele ter um enfarte!

O Pedro sumiu!

Se ele estivesse em casa, eu dava um jeito, sei lá, trancava o cara no quarto, mas, e agora?

Chatter@

Mano,
conta pra Shirley, Mano, ela resolve. Ela chama o Valdisnei.
Corre lá, Mano, depois, volta e me escreve.

Chatter@

Mano,
cadê você?
Por que será que a gente é tão louco?
Como é que eu não tenho o seu telefone, nem sei onde você mora?
Como é que posso te ajudar?

Mano@

Chatter,

cheguei em casa. São 6 horas da manhã!

Mas eu vou te contar tudo.

Quando eu corri pro quarto da Shirley, ela tinha saído com o Valdisnei.

Comecei a ficar desesperado. Desci pra casa da Anna.

Estava chorando quando ela abriu a porta.

E a Anna, que nunca pergunta nada, olhou bem pra mim e pediu pra eu contar tudo. Que alívio! Os pais da Anna tinham saído com uns amigos. Ela chamou a Daisinha, amiga da Shirley, que saiu voando pra escola do Valdisnei. Ele e a Shirley estavam lá, a Daisinha sabia. Depois a gente foi pra minha casa. Contamos tudo bem rápido pro meu avô.

A Anna disse que ele não ia ter enfarte coisa nenhuma.

E não teve mesmo. Nem bravo ele ficou.

Na mesma hora, mandou vir um táxi.

Bom, quando chegamos na avenida, deu pra ver todo mundo.

O Sombra, as vampiras, os neurinhas, as bicicletas enfileiradas.

Meu irmão já estava montado na bike.

A Anna correu, gritando pra parar.

Ninguém ouvia.

Eu corri tanto que meu peito quase estourou.

Ouvi outros gritos.

Era o Pipoquinha, o seu João.

O Sombra viu todos nós.

Começou a rir feito um palhaço maligno.

Gritou: "a cavalaria chegou pra salvar o bebezinho, é?"

Pedro partiu pra cima dele.

O Sombra, o Pedro, as bicicletas despencaram pela avenida.

Outros gritos.

Shirley, Daisinha e Valdisnei.

Depois foi um carro. Breque. Buzina. Batida.

Fechei os olhos.

Eu não tinha coragem de olhar.

Até que meu avô me abraçou.

Comecei a chorar.

"Pode olhar, Mano, pode olhar."

E eu vi. O carro bateu no poste.

O Sombra rolou uns dois quarteirões, mas estava levantando.

Meu irmão estava caído, o Valdisnei deitado em cima dele.

O motorista saiu do carro pra socorrer.

Valdisnei levantou. Pedro não. A perna estava torta.

Feito a perna do boneco da gaiola.

Para Gandhi Pimentinha

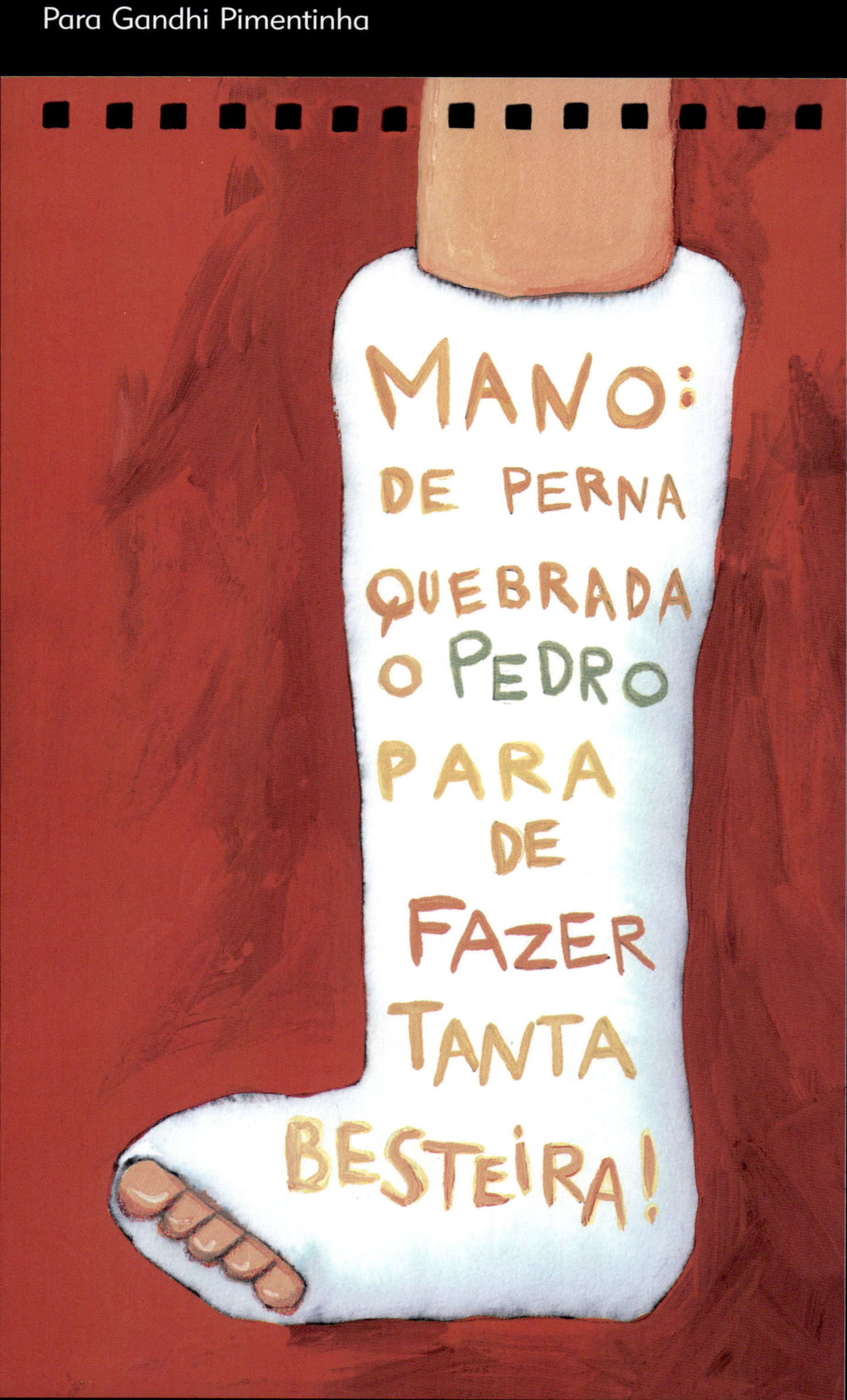

Mano@

Chatter,

obrigado pelo desenho!!!

Aqui em casa está todo mundo vindo visitar o Pedro.

Ele está feliz, eta irmão mais louco!

Mas o herói da história é o Valdisnei, que salvou o Pedro de ser atropelado!

Outra coisa legal: a Anna e o Pedro estão juntos de novo!

A Anna deu um kit "Para fazer lego" pra gente e estamos montando uma cidade inteira no quarto do Pedro. Até a Natália fica perto ajudando.

Chatter@

Mano,

minha avó me deu um livro pra ler. Ele se chama Cândido.

Foi escrito pelo filósofo que ela mais adora e que se chama **Voltaire**.

É uma história completamente maluca, quando o herói fica com a mocinha ela já está velha, o cara também, acontece um monte de absurdo, ninguém nunca entende nada direito, mas na hora em que eles se juntam pra plantar um jardim, dá tudo certo.

Vem cá!

Você também está de perna quebrada?

Juro que eu detesto shopping, mas a gente podia se encontrar no parque do Ibirapuera. É só marcar um lugar. E aí?

Tudo bem? Você está esperando alguém? Aposto que você se chama Mano!
COMO VOCÊ SABE?!
1

MAS... CADÊ O CHATTER, CADÊ MEU AMIGO?
Aqui! Eu mesma! Carolina, mais conhecida por Chatter!
2

COMO É QUE PODE? EU NUNCA IMAGINEI...
Eu dei tanta bandeira, Mano. Não sei como você nunca percebeu.

FIM

Referências

Personalidades

Edgard Allan Poe (1809-1849) (p. 8)

Poeta e escritor americano, Edgard Allan Poe nasceu em Boston em 1809. Seu primeiro sucesso de crítica foi o poema "O corvo". Autor da coletânea *Contos de mistério e imaginação*, Poe criou a narrativa de terror gótico. Fantasmas, duplos, gatos pretos e lua cheia estão presentes em suas histórias fantásticas cuja leitura nos transporta às fronteiras entre a realidade e a fantasia. Sua obra influenciou intensamente a literatura moderna universal.

Mahatma Gandhi (1869-1948) (p. 17)

Mohandas Karamchand Gandhi, líder do movimento nacionalista indiano, ficou universalmente conhecido por sua doutrina da não violência. Gandhi aliou a busca pelo autoconhecimento à luta pela liberdade política e pelos direitos humanos. Formou-se advogado em Londres e viveu na África do Sul de 1893 a 1914. Lá, Gandhi se impressionou com a discriminação sofrida pelos indianos, o que o levou a escrever artigos, dar palestras e organizar debates. De volta à Índia, mergulhou na luta pela independência. Com a independência, em agosto de 1947, Gandhi continuou a lutar contra a violência em seu país, dividido entre hindus e muçulmanos. A busca por uma possível harmonia entre membros das duas religiões custou-lhe a inimizade de muitos hindus extremistas; mais ainda, custou-lhe a vida. Gandhi era conhecido como o Mahatma, que significa, em sânscrito, "grande alma".

Percy Bysche Shelley (1792-1822) (p. 21)

Poeta romântico, Shelley é um dos maiores nomes da literatura inglesa. Poemas de amor e textos políticos em busca de justiça social foram sua grande obra. Filho rebelde de uma família nobre, Shelley apaixonou-se por Mary Goldwin, em 1813, com quem se casou depois de vários anos de vida em comum. Numa temporada de verão em Genebra, Mary começou a escrever sua famosa obra *Frankenstein*. Terminada em 1819, só foi editada em 1920, um século após a morte de Mary.

Chuang Tzu (c. 369-286 a.C.) (p. 24)

Chuang Tzu é um dos mais significativos intérpretes do taoísmo. Seus ensinamentos influenciaram o budismo chinês, assim como a pintura e a poesia desse país. Pouco se sabe de sua vida. De modo geral Chuang Tzu é descrito como um sábio excêntrico, que dava pouco valor ao conforto pessoal e ao reconhecimento público. Essas características definem o homem virtuoso, imune aos desejos e perigos humanos. Chuang Tzu conta, por exemplo, que um dia sonhou que era uma borboleta. E estava muito feliz em ser uma borboleta. Quando acordou, viu que era homem, mas ficou sem saber se era o homem que tinha sonhado ser uma borboleta, ou a borboleta que tinha sonhado ser homem.

Rabindranath Tagore (1861-1941) (p. 35)

Escritor, poeta e místico, nasceu em Calcutá. A região em que viveu estava sob domínio colonial inglês desde 1611. Em 1772 a cidade natal de Tagore tornou-se capital da Índia Britânica. Esse contexto colonialista marcou a cidade de contrastes e contradições, que Tagore soube bem expressar em seus versos de conteúdo político e social, inspirados na vida simples do interior de Bengal. Filho de um sábio místico, Rabindranath começou cedo a escrever poemas e canções. Foi um dos grandes responsáveis pela introdução da cultura indiana no Ocidente, e sua obra *Gitañjali* (1910) recebeu o prêmio Nobel de literatura em 1913. Além de poeta, era também compositor e pintor.

Voltaire (1694-1778) (p. 45)

François-Marie Arouet, que ficou conhecido como Voltaire, é um dos maiores escritores europeus do século XVIII. Sua obra atravessa os mais variados gêneros, do teatro à filosofia, da historiografia ao romance. Seu livro mais conhecido, *Cândido ou o otimismo*, escrito em 1758, é um exemplo de sagacidade e ironia. O jovem Cândido é discípulo do Dr. Pangloss, um filósofo seguidor da máxima de que "esse é o melhor dos mundos". Mas os infortúnios e dificuldades que Cândido vê e sofre levam-no a duvidar de tamanho otimismo. Após uma série de peripécias, o personagem descobre que o verdadeiro segredo da felicidade é "plantar seu próprio jardim".

Divindade

Ogum (p. 26)

Na tradição afro-brasileira do candomblé, Ogum é a divindade da ação, rebeldia, liberdade e movimento. Padroeiro da capoeira e de todas as formas de luta, espadachim das sete espadas, ousado e visionário, Ogum é o deus que abre os caminhos e faz o corte purificador. Quer dizer, tudo o que passa pelo fio de sua espada nascerá mais forte.

Nos terreiros, Ogum, mestre dos caminhos, é invocado para ajudar na cura do alcoolismo e da dependência de drogas. Deus da força e da energia vital, sua sabedoria é usada para cortar o mal pela raiz.

Ogunhê significa "olá, Ogum".